坐在

上等

一切想像，從等待中開始。

林珮綺 ◎著

目錄

坐在星星上
等天亮

目錄

目錄

第一篇

安靜之中 夜空下

坐在星星上

天亮了沒
我坐在星星上等待
忘了　我的桌燈還沒關
忘了　床上的娃娃在等我

天亮了沒
我坐在星星上
看著千萬個窗口
還有幾個人也望著我

星星上的我　正是孤單
窗口上的人　也是孤單

寂寞的夜裡
我們在等待
等待另一顆星上的人
等待另一扇窗飄來的哨聲

月光

月下　是一個最神秘的地方
我將秘密藏在那裡
似乎想被發現
卻又刻意的隱藏

月光　似乎是溫暖的
跑到月光下發現　其實不然
雖然沒有溫暖　卻是溫柔

坐在窗前　灑下月光
一片寂靜　世界都靜了
那一刻　最溫柔的　不是月亮
而是那道光

發呆

那一刻起　忘了自己
那一刻起　心都空了
經過窗邊的風　看見了
繞過了秀髮　吹起　不覺得涼

沒有目的地的　四處張望
好像隨處都有發現
事實上　什麼都沒看見

像是深思　但無所思
天才和無知　如此而已

心星

黑夜中　一閃而過
那是一顆星
黑暗中　一閃而過
那是一顆心

流星　留心
什麼樣的心情　使它留在心裡
什麼樣的情緒　使它在心裡發光

黑夜中　一閃而過的是一顆星
或許我再也看不見

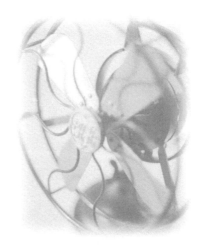

黑暗中　一閃而過的是一顆心
一顆心在心中　發光發亮
流星　閃過了
留心　留下了

角落

每個人心上有一塊地方
屬於自己屬於角落

我將秘密擺在角落
為了不想起
為了不被發現
我將難過藏在角落
為了掩蓋我的悲傷
為了將它置入暗房

角落　一個心上的地方
一個自私的地方
任意的將誰擺上
任意的將心事放下

暗暗的角落　有我的不為人知
但是最暗的角落　有最暗的思想
在黑暗中　它是個好地方
只是這樣的角落　也會淹沒了我

白鍵

叮~叮~叮~
給你一個名字
就叫做白鍵

叮~叮~叮~
白鍵持續演奏
叮~叮~叮~

生活是否像鍵盤一樣黑白
或是不是黑就是白
我偏要按白鍵
不屬於任何黑
也不是真正的白

叮~叮~叮~
白鍵持續演奏
難道就枯燥？
當我在演奏　彈白鍵
時間怎麼說　不知道
音符怎麼跳　不知道

讓一切就像時間一樣
靜靜的　悄悄的
單手按白盤　聽久也會有感動
在這樣的中間地帶
一種不屬於誰的感動

制約理論

曾經你習慣看著某個角度嗎
是否因為那個角度出現過什麼

不自覺中我會往那方向望去
即使我知道那裡什麼都沒有
即使地點不同　但是我知道
曾經在那　有一個我習慣的東西

總是習慣著
同一個時間　想起
同一個地點　想起
同一件事情　想起
同一首音樂　響起

習慣的想起　在同樣的地點
習慣的想起　在無人知的心田
被制約著　在不注意的轉眼
被制約著　在不知不覺的瞬間

思念

思念像是一條線　拉出長長的空間
牽動的　不是我　而是心中的你
然而相隔的　是多少的距離
是心　還是地

重遊的異鄉　有一種熟悉的陌生
想念的味道　卻不再熟悉
時間隨著思念
一步一步　往回走去

或許時間只有在這時　才願意回頭
但是卻不能停留
無情的　不知是時間 還是思念

思念相隔的　或許是抬起頭就有的月亮
思念相隔的　或許是月亮和我們的距離

第二篇

際遇 在心星之間

親情

看不見的　永遠是最多
當你說你愛我　我聽過很多
但是說不出口的　才是最愛的

從來沒有　對你們體貼
從來沒有　隱藏自己的情緒
從來沒有　覺得自己對不起
從來沒有　認為自己有所應該

親情　沒有求回報
親情　只有包容
親情　都是愛

空白只是等待

　　愛情是一種緣分
　　當你問我　為什麼總是空白
　　其實　我只是在等待

　　等著　一個美好的未來
　　等著　一段特別的際遇
　　等著　等著
　　不知不覺　成了空白

　　活在空白之中
　　時常覺得孤單寂寞
　　看不見了外頭的晴天
　　桌上的餐點似乎無味

活在等待之中
我知道未來更美好
走在路上　微笑著期待
似乎一切隨時都有驚喜

在空白之中　我將心清乾淨
等待著　下一通不知名的電話
等待著　下一個懂得呼吸的人
等待著　下一個擦肩　下一個眼神交會

當你問我　為什麼總是空白
我說　我的空白　是在等待

交錯

很短的一秒鐘
卻是很多很多的時間
我們的心跳有幾下
交會的那一秒鐘　我們都不知道

當考卷落下
在動筆的那刻起　時間已經開始
還來不及搶走碼錶　考卷已經消失了
錯過的　就該拿零分

每個人都在自己的跑道上奔跑
或許這輩子　我們只有這一次的交會
錯過了　等著下次吧
或是　你我已經跑得更遠

那一刻間　我們以為什麼都沒有
回過頭發現時　已經不知過了多久
如果　我們都不知道
那就都別知道吧

選擇　機會

有時選擇　不是機會
盲目的人總以為
有了多的選擇　就有多的機會
真的有這道理嗎

因為選擇　所以我們挑剔
開始淘汰我們所不要的
於是缺點多了
哪一個我們都不想去選擇

沒了選擇　所以我們珍惜
懂得何謂得來不易
沒了選擇　多了機會
開始去發現優點

選擇
讓我們失去了比我們想像中多更多的機會
機會
卻讓我們更確定當初的選擇

選擇越多　真的好嗎
或許 機會是在我們的選擇中被淘汰的吧

無形的牆

緣分　是道牆
我們走在牆邊
看不見　你來我往
往返之中　擦不到肩
你在嗎？　我在

我們之中　有一道牆
高的讓我們跨不過去
厚的讓我們碰不到彼此
我正在看著你的方向
你也看著我的方向
看見了嗎？　看不見

我們走在牆邊
來來往往　看不見
我想著你　但不知道是你
你想著我　也不知道是我
等我們走道牆的盡頭
看見了嗎？　看見

眼神

交錯中　擦肩過
太多匆忙在我們之中

秘密　在心裡的某一個角落
想跑出來卻被我們壓抑在眼神中
擦肩而過　那一秒鐘
我看見了　看見你的眼神中
那欲衝破防護的秘密

眼睛是一個寶箱
藏的不是寶藏
而是我們心頭的角落
鑰匙在何處？
在我們交會時
我看見你的眼神
那一刻　我開啟

這畢竟是一場夢

閉上眼的那一刻　我就醉了
慢慢的　不知不覺中
我已經深陷　如同酒醉不醒
怎麼開始的　我已經不知道
又該怎麼結束　並沒有交代

從頭到尾　演戲的人是我　主角也是我
但你知道你是故事中的一員嗎
該怎麼演起　沒有導演　台詞　劇本
都沒有　但我們很稱職
會有怎麼樣的結果　現在都在醞釀
還是說　過去一點點　就是失去很多很多

睜開眼的那一刻　所有都消失了
你知道你演了什麼嗎　不知道
畢竟　另一場夢中　你才是主角
我是其中一員嗎　還是我並沒有登場
無論如何　這是場好戲　也是場好夢

愛情來了

靜悄悄　在沒有人發現的時候
男孩變得英俊
女孩變得美麗
仍然沒有人發現它　但卻開始留下了足跡

靜悄悄　在留下足跡的地方
男孩　注意到了
女孩　也注意到了
仍然沒有人發現它　但卻開始有人注意它

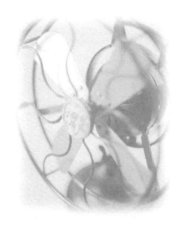

靜悄悄　在開始注意到的時候
男孩　笑了
女孩　也笑了
他們發現了它　在看見彼此的時候

愛情來了　靜悄悄　等待著被發現
愛情來了　靜悄悄　等待著再向前

中間地帶

我們之中有個中間地帶
忽略的　我們放在那
不該注意的　我們放在那
它扮演著什麼角色？

我們都是扭曲的
只選擇我們想看的
不想看的　都是那個中間地帶

它是什麼角色
生氣了　它是出氣筒
我們似乎都沒有責任一般
開心了　它就消失
我們之間似乎沒有它存在的意義

中間地帶
避風港　還是　無形

距離

我們之中　有多少的距離
是近在眼前　還是遠在天邊
倆人之間似乎有一道鴻溝
但是我們都看不見

有時　我輕易地
來到你的身邊
有時　我努力
還是看不見你

人與人之間　真的有距離
無論你在何處
即使在我身邊

自私

當我開口閉口都是我時
我已經自私
當我忘了你在身邊時
我也自私

常說該留一顆柔軟的心給自己
卻忘了也該留給你

當你用心聽　我看不見
這個我　很自私
當你在等待　我看不見
這個我　也自私

當自私的我忘了離開
我就看不見你
將我隱形　看見的　是你
是你的　無私

誤會

生命中最說不清楚的事
心裡面最大的委屈
不會像煙一樣消失
只會一直記在心裡

只是簡單的一句話或一件事
卻變得不再簡單
不想多想的
卻一直煩擾不去

或許我們都會被這樣的包袱壓著
也許是被我們自己的假想鎖住
只是像這樣的無形枷鎖
我們都甘願被綑綁著而沉浸其中

聰明的人　選擇發出聲音來抵制
愚笨的人　選擇無聲的承受
讓這樣的負荷在心裡永遠的存活
也讓這個名詞永遠的存在

冷戰的時候

世界安靜的像什麼東西都沒有一樣
時間是停止了　還是正在快速流失
鐘聲似乎異常的響亮
似乎它也嗑了藥　興奮或是憤怒

靜靜的　但是我們都說了話
這些話　不知道是說給誰聽
自己說不停　卻沒有人聽見
說話真的該用嘴巴嗎
這個道理此時被推翻了

沒有輸　沒有贏
在分出勝負前　沒有人知道誰的毅力比較久
永遠都以為　沒說的　彼此都該懂
永遠都以為　最該說的　都說了
只是　沒有說出口的
永遠比嘴巴上說的多更多

光芒

愛情像一道光芒
讓你的優點全發光
缺點都消失

置身光芒中
我們都看不清彼此
只知道　你在　而我也在

迷濛的美讓愛情更美麗
現實的無光讓我們認清
然而　退出光芒
才發現　你是你　而我是我

永遠

永遠
一個貪心的語辭
明明只有兩個字
卻想佔據所有的時間

永遠
一個最沒誠意的語辭
不知是祝福還是諷刺
一種無止盡的延續

永遠
一種替代算數的說辭
回答不出來的
都用這個準沒錯

永遠
只有在說的當下是真
說完之後便是假

永遠
永遠　別相信　永遠

D鍵

生命中　有沒有一個D鍵
輕輕的一按　就忘了過去

愛情中　有沒有一個D鍵
輕輕的一按　就完全消失

我們渴望所有的事都可以重來
如此　我們就不用害怕做一個犯錯的小孩
然而　生命總是不如期待
不管尋找多久　都不會有D鍵出來
我們可以寫下許多文字來忘懷
卻沒有一個D鍵來得暢快

生命總是不能重來
所以沒有D鍵可以依賴
愛情　也不應該怕失敗
因為我們都是會犯錯的小孩

沒有名字的故事

我們都在演內心戲
劇本是誰寫的
安排這樣的結局
我們只是臨時的演員
卻在不知不覺中成了主角

瘋狂的對手戲
從內心糾結時起
我們沒有機會喊NG
只能活在鏡頭捕捉的那一刻裡

從這秒到下一秒鐘
我不會知道你的台詞是什麼
也不知道進行到哪裡
我們會是最好的主角
就算故事沒有結局

第三篇

都是狂想

孩子王

我是孩子王
只要一喊就會出現
充滿驚喜和歡笑
就像劇場開幕時
小朋友會叫好

不過　幕後沒人知道的是
孩子王也是孩子
也想多睡一下午覺
想多要一份點心…

鞦韆

盪鞦韆的小孩
在最高的頂點　尚未喊聲尖叫
已經落下
在最低點　來不及難過
已經往上爬升

愛情究竟是什麼
是鞦韆　還是鞦韆上的小孩
是一種享受　還是折磨

反反覆覆之中
如同鞦韆的定律一樣
搖搖擺擺
也如同鞦韆一樣

惟獨不變的是
鞦韆上總有個小孩

影子

世上最美麗的人是誰
擁有最完美的曲線
想要怎樣就怎樣
當大家都注意到的時候

不用多　只要一道光
想要多美就多美
任何姿態都漂亮

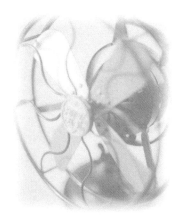

擁有神秘的面紗
妳永遠不知道　這次出場的是誰
但是它一樣動人　一樣令人著迷

橡皮筋

世上有一種人　就像我　一條橡皮筋
像我這樣的　千千萬萬　滿地皆是
有時　還當起小姐們綁頭髮的好工具

只是　很快的　我也被遺忘
但是仍舊　滿地皆是
若妳不需要　就不會注意到我

或許有一天　我會經過漂亮的包裝
轉變為一條美麗的髮帶
成為姑娘們珠寶盒中喜愛的那一條

也或許有一天　我仍舊躺在地上
然而　妳正需要我
很高興　再次為妳服務

壓力

像地震一樣　讓人搖搖晃晃
暈的昏頭轉向　但是你必須站得直

看不見　但它讓人害怕
想抵抗　卻不知敵人身在何方

我們害怕　恐懼
但是最讓人害怕的
都不是我們看得見的東西
恐懼是自己給自己的
害怕是因為我們忘了　那是自己給的

頭痛

頭痛是一種腦子裡的噪音
消除不去　即使想按下暫停

有時　敲敲打打
有時　像拉長音
無論是哪一種　都不好聽

是誰發明這種噪音
是誰讓它存在頭腦裡像病毒般刪不去
有事沒事就來干擾我正常的運作

噪音　不是喊聲抗議就可以停
噪音　不是請警察開張罰單就可以
噪音　或許是頭腦的示威遊行
噪音　或許是我的腦細胞在開party

小説館

純真年代

　　鐘聲想起，校園裡洋溢著孩子們放學時愉快的氣氛，張老師緩緩地步出教室，踩著緩慢的步伐走到校園裡的一棵大樹下，這棵樹伴著他一生，帶給他無限回憶，這幾十年來，他常站在樹下，手握著脖子上的鐵片項鍊。忽然間，他彷彿又聽見了幾十年前三個孩子此起彼落的笑聲……

　　每當下課鐘聲一響起，阿標、阿威和阿誠便直奔大樹、在樹上爬上爬下，不管老師怎麼說、怎樣罰，他們總是不聽，氣得老師們一點辦法也沒有。阿標是城裡大富商的兒子，由於城市裡升學壓力大，父親便安排讓他在山上的小學就讀。阿威從小就失去了雙親，所以自幼年起一直由伯父代為撫養長大，但是對他卻一點也不疼愛，總是將他當成傭人一般，常叫他做一大堆工作，有時做不好，便沒飯吃，因此阿標常照顧著他，但因經常挨餓的關係，所以長得非常瘦弱。阿誠是村中農民老張的兒子，自幼天真、聰明又可愛，非常受村民的疼愛。他們三人常玩在一起，像是在河裡捉魚、游泳……（包括在樹上爬來爬去），都是他們的最愛。

　　有一回他們三人正在樹上玩，學校裡的古老師

又在樹下破口大罵了：「你們三個！都給我下來，否則待會兒要你們好看！」古老師是一位資深的教師、身材矮胖，帶著濃厚的鄉音。「阿威、阿誠咱們別理他！我們在樹上刻字，氣死他！」。「這點子不錯！誰要他老找咱們碴！」阿標和阿威學著古老師的口音說著。不久，三個人果真將一大堆字刻在樹皮上，還刻意刻了一首童詩：

　　古老師，嘴巴鼓鼓臉紅紅，挺著皮球到處走，嘴裡罵著小朋友；小朋友，不理他，氣得握拳臉更紅！

　　一回，阿標從城裡回來，他從城中買了三條鐵片項鍊，他們三人親自為這三條鐵片項鍊刻上自己的名字，一人一條，作為友誼的象徵。但是，任誰也想不到，這三條項鍊竟是他們三人友誼的唯一實質紀念品，除了它們，剩下的只有回憶了……

　　有一天夜裡，阿威照常將家裡大大小小的事做完準備睡覺時，突然聽到外頭的人在大叫：「失火了！老張家失火了！快救火呀！」，阿威一聽直往阿誠家跑去，也顧不得自己早已筋疲力盡了。一到了那兒，映入眼簾的竟是他一生中見過最大的火。一聽村長說老張一家三口都還在裡頭時，阿威便攤在地上了……阿標隨後也來了。這時村裡的人都來幫忙救火，卻似乎一點作用也沒有，火仍舊燒著

……這時突然從火場中衝出兩名大漢，他們各扶著老張夫妻倆人，大喊著：「火太大了，孩子找不到呀！」。此時阿威一聽便奮不顧身的衝進了火場。他再也聽不到大家阻止他的聲音，他只知道，無論如何他都要救出阿誠。他跑到了阿誠的房間，但是火場中濃煙密佈，完全看不見任何東西。就當他不知所措時，忽然他踢到了一樣東西——是阿誠！但是阿誠早已被濃煙嗆昏了。阿威扶起他，用自己瘦弱的身體撐著他，一步一步地走向出口，就當正要走出火場時，一根火柱突然向他們倒了下來，阿威用他最後也是最大的力量將阿誠推出了火場，隨即那根火柱便迎向他倒下了……這一夜改變了他們三人的命運，也奪走了一條最可憐也最勇敢的生命……

火撲滅了，阿威被抬了出來，他早已斷了氣，但左手緊緊握著一條掛有一塊鐵片的項鍊，一條似乎不值錢的項鍊。阿誠早已被送往醫院，剩下阿標和一些村民留在火場，當他看見阿威時，眼淚無聲地流了下來，他想止住淚水，卻怎麼也停不住……

阿威要下葬了，他的左手仍握著項鍊，除了在場的阿標和阿誠外沒有人知道項鍊的由來；阿標和阿誠看著阿威的伯父、伯母，他們的臉上沒有一絲哀傷；再轉過頭來看著阿威冰冷的屍體和他的手，過去的種種似乎又映入了眼簾，淚水依舊滑落了

……人們緩緩地將棺木抬到了墓地，他們看著、看著，看著阿威和他的項鍊一同埋入土中，埋入他們的記憶中……

多年後，阿誠已從大學畢業，具有教師資格的他，毅然決然地選擇了小時山中的小學；那兒有他們三人的歡笑，有他們的淚水和他們的回憶……而阿標呢？自從小學畢業後，父親接他回城中，從此音訊全無，多年後經由阿標的老管家口中得知：阿標交上了壞朋友，在一次集體鬥毆中不幸喪生了。死時他身上所帶的只有脖子上的兩條項鍊，一條是純金項鍊；另一條則是屬於他們的鐵片項鍊……

退休在即的張維誠老師在知道自己得了癌症之後，更珍惜地看著樹皮上早已模糊不清的那首童詩，不禁笑了，他抬起頭來望著天空，太陽即將西落，山中的晚霞美得令人著迷；他緩緩地回頭看著即將告別的小校園，欣慰地笑了笑，眼眶濕潤了……他舉起手上握著的鐵片項鍊看了看，雖然樹上的那首童詩已模糊不清了，但鐵片上的三個名字仍然清晰可見……此時身後一個童稚的聲音將他由回憶中拉回了現實，「爺爺！」，他緩緩地回過頭來看著小孫女及尾隨而來的兒子和媳婦，他牽起小孫女的小手，一家四口便踩著晚霞的餘暉漸漸地走遠，走遠……

山中的小學依舊屹立著，風吹來了，落葉隨風
飄舞著，彷彿在告訴世人別忘了它⋯⋯

國家圖書館出版品預行編目

坐在星星上等天亮/林珮綺著. -- 一版
臺北市：秀威資訊科技，2005 [民 94]
面 ；　　公分. --　參考書目：面
ISBN 978-986-7263-08-7（平裝）

855　　　　　　　　　　　　　94002547

 語言文學類　PG0048

坐在星星上等天亮

作　　者 / 林珮綺
發 行 人 / 宋政坤
執行編輯 / 李坤城
圖文排版 / 莊芯媚
封面設計 / 羅季芬
數位轉譯 / 徐真玉　沈裕閔
銷售發行 / 林怡君
網路服務 / 徐國晉
出版印製 / 秀威資訊科技股份有限公司
　　　　　台北市內湖區瑞光路 583 巷 25 號 1 樓
　　　　　電話：02-2657-9211　　傳真：02-2657-9106
　　　　　E-mail：service@showwe.com.tw
經 銷 商 / 紅螞蟻圖書有限公司
　　　　　台北市內湖區舊宗路二段 121 巷 28、32 號 4 樓
　　　　　電話：02-2795-3656　　傳真：02-2795-4100
　　　　　http://www.e-redant.com

2006 年 7 月 BOD 再刷
定價：130 元

讀 者 回 函 卡

感謝您購買本書，為提升服務品質，煩請填寫以下問卷，收到您的寶貴意見後，我們會仔細收藏記錄並回贈紀念品，謝謝！

1.您購買的書名：_____

2.您從何得知本書的消息？

　□網路書店　□部落格　□資料庫搜尋　□書訊　□電子報　□書店

　□平面媒體　□ 朋友推薦　□網站推薦 □其他_____

3.您對本書的評價：(請填代號　1.非常滿意 2.滿意 3.尚可 4.再改進)

　封面設計____　版面編排____　內容____　文/譯筆____　價格____

4.讀完書後您覺得：

　□很有收獲　□有收獲　□收獲不多　□沒收獲

5.您會推薦本書給朋友嗎？

　□會　□不會，為什麼？_____

6.其他寶貴的意見：_____

_____

_____

_____

讀者基本資料

姓名：_____　年齡：_____　性別：□女 □男

聯絡電話：_____　E-mail：_____

地址：_____

學歷：□高中(含)以下　　□高中　　□專科學校　　□大學

　　　□研究所(含)以上 □其他_____

職業：□製造業 □金融業 □資訊業 □軍警 □傳播業 □自由業

　　　□服務業 □公務員 □教職　　□學生 □其他_____

To：114

台北市內湖區瑞光路 583 巷 25 號 1 樓

秀威資訊科技股份有限公司　　　收

寄件人姓名：

寄件人地址：□□□

(請沿線對摺寄回,謝謝!)

秀威與 BOD

BOD（Books On Demand）是數位出版的大趨勢，秀威資訊率先運用 POD 數位印刷設備來生產書籍，並提供作者全程數位出版服務，致使書籍產銷零庫存，知識傳承不絕版，目前已開闢以下書系：

一、BOD 學術著作—專業論述的閱讀延伸
二、BOD 個人著作—分享生命的心路歷程
三、BOD 旅遊著作—個人深度旅遊文學創作
四、BOD 大陸學者—大陸專業學者學術出版
五、POD 獨家經銷—數位產製的代發行書籍

BOD 秀威網路書店：www.showwe.com.tw
政府出版品網路書店：www.govbooks.com.tw

永不絕版的故事・自己寫・永不休止的音符・自己唱